DATE DUE

APR 1 1989			
APR 26 1989 RI			
	DEC 2 - 1995		
MAY 17 1989 R2			
AUG 1 1 1989	FEB 2 0 1996		
DEC 26 1989	JUN 2 7 1997		
JUN 1 9 1990			
MAY 9 1995	FEB 2 2 1999		
JUL 6 1993			
	MAY 2 0 2003		
NOV 0 1 1994			
	NOV 1 8 2004		
JUN 2 8 1995	AUG 2 1 2008		
OCT 0 2 1997			
SEP 1 0 1998			

Los desconocidos

por Dorothy Chlad

Ilustraciones por Lydia Halverson

Traductora: Lada Kratky
Consultante: Orlando Martinez-Miller

 CHILDRENS PRESS™

CHICAGO

Library of Congress Cataloging in Publication Data

Chlad, Dorothy.
  Strangers.

  (Safety Town)
  Summary: Presents some rules for safe
behavior around people you don't know.
    1.   Children and strangers—Juvenile
literature.   [1.   Strangers.   2.   Safety
3.   Crime prevention]   I.   Halverson, Lydia, ill.
II.   Title.   III.   Series: Chlad, Dorothy.
Safety Town.
HQ784.S8C48   362.8'8   81-18109
ISBN 0-516-31984-1   AACR2

Hola . . .   me llamo Susan.

Les quiero hablar
sobre las personas
desconocidas.

Una persona
desconocida es alguien
a quien no conoces.
Ten cuidado al ir
a la escuela . . .

a la casa de tu amigo . . .

al patio de recreo . . .

o al parque.

A veces, es
posible que un
desconocido
quiera que te subas a
un automóvil o camión.

¡NO ENTRES NUNCA!

No entres nunca en un
automóvil o en un camión
con un desconocido.

Trata de recordar
cómo se veía
el desconocido.
Recuerda cómo
se veía el automóvil
o el camión.

Díselo a tu mamá
o a un hermano mayor.
Díselo a tu papá, a tu
hermana o a tu
maestra.

Para acercarse a tí, es posible que un desconocido quiera darte dulces . . .

chicle . . .

dinero . . .

juguetes . . .

o regalos.

No aceptes
nada del
desconocido.

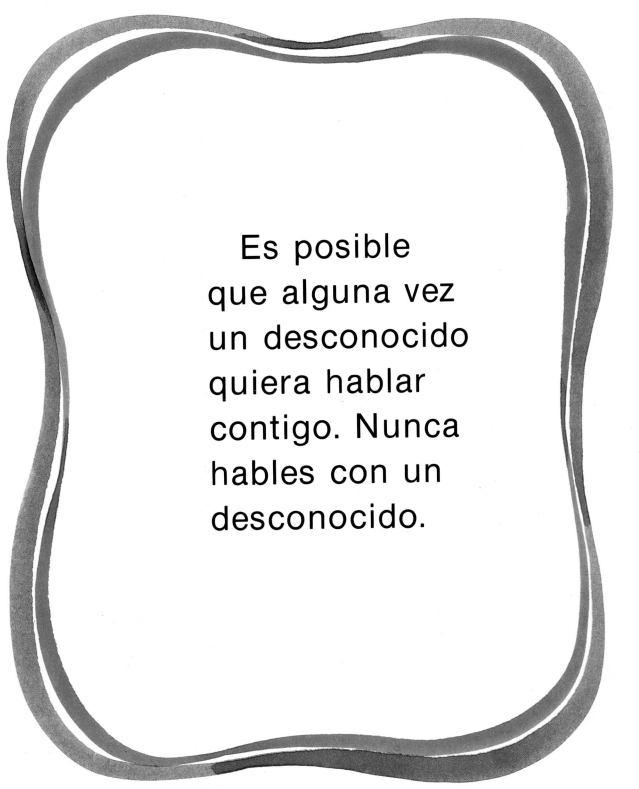

Es posible
que alguna vez
un desconocido
quiera hablar
contigo. Nunca
hables con un
desconocido.

Si un desconocido
te toca, ponte a
gritar lo más
alto que puedas.
Ponte a patalear
lo más fuerte que
puedas. Y corre
lo más rápido
que puedas.

Un desconocido puede ser
bajo, alto, gordo o flaco.

Un desconocido puede
ser hombre o mujer.

Un desconocido puede
ser joven o viejo . . .
limpio o sucio.

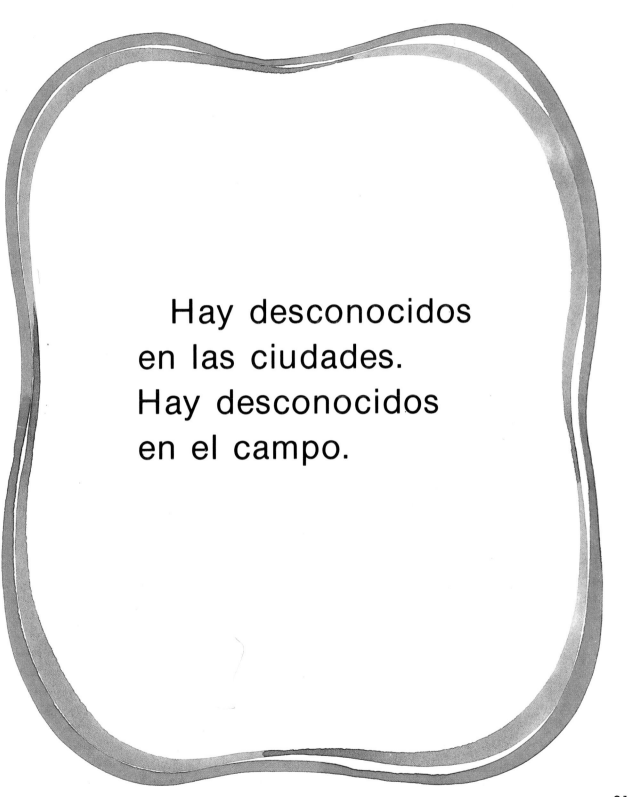

Hay desconocidos
en las ciudades.
Hay desconocidos
en el campo.

Quédate con tus amigos cuando vayas a la escuela . . .

a la casa de un amigo . . .

al patio de recreo . . .

o a un parque de diversión.

Es más seguro
quedarte con tus
amigos.

Cuando vayas de compras o al parque, quédate cerca de tu mamá o papá o hermano o hermana mayor.

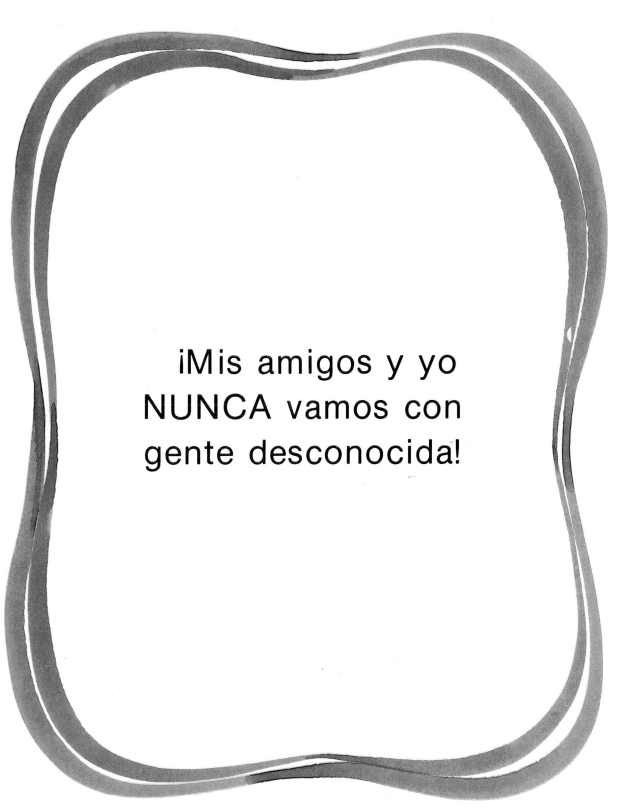

¡Mis amigos y yo
NUNCA vamos con
gente desconocida!

Por favor, recuerda
mis reglas de seguridad.

Nunca hables con
gente desconocida.

Nunca entres en
un automóvil o camión
con un desconocido.

Nunca vayas con
un desconocido.

Sobre la autora

Dorothy Chlad, fundadora del concepto total del Pueblo de seguridad, es conocida internacionalmente como figura principal de la Educación de seguridad en los niveles pre-escolares y niñez. Ha escrito seis libros sobre el programa, y ha dirigido las únicas conferencias sobre el tema. Bajo la dirección de la Sra. Chlad, se fundó el centro nacional del Pueblo de seguridad, para promover el programa por medio de la cooperación de la comunidad.

Ha presentado la importancia de la educación de la seguridad en conferencias locales, estatales y nacionales sobre la seguridad y educación, tales como la National Community Education Association, el National Safety Council, y el American Driver and Traffic Safety Education Association. Sirve como miembro de varios comités nacionales, como la Highway Traffic Safety Division y el Educational Resources Division del National Safety Council. Chlad participó activamente en la sexta conferencia internacional de educación de la seguridad.

Dorothy Chlad sigue siendo consejera de los departamentos del estado de Seguridad y Educación. También ha aconsejado durante el programa de televisión llamado "Sesame Street" y recientemente escribió esta serie de libros sobre la seguridad para el Childrens Press.

Como participante en conferencias en la Casa Blanca sobre la seguridad, Dorothy Chlad ha recibido muchos honores y condecoraciones que incluyen el National Volunteer Activist y el YMCA Career Woman of Achievement.

Sobre la artista

Lydia Halverson nació Lydia Geretti en el centro de Manhattan. Al cumplir dos años su familia se mudó de Nueva York a Italia. Cuatro años más tarde sus padres volvieron a los Estados Unidos y se establecieron en el área de Chicago. Lydia asistió a la universidad de Illinois y se graduó con un título en bellas artes. Trabajó como diseñadora gráfica por muchos años antes de concentrarse por fin en ilustrar libros.

Lydia vive con su esposo y dos gatos en un suburbio de Chicago y es activa en varias organizaciones del medio ambiente.

I ♥ im

Lim